AF384409

...GÉ AU PILORI

SUIVI D'UNE

RÉPONSE A L'ENCYCLIQUE.

SOMMAIRE :

Le Pilori. — Le vrai Diable et le faux bon Dieu. — Le blasphémateur permanent. — Le Dieu du Clergé. — Douceur évangélique de la soutane. — Concurrence à l'opéra. — Baptême des cloches. — Bazars sacrés. — Saintes parades. — Crimes bénis. — Richesse du clergé. — Misère des Pauvres. — Denier de St-Pierre. — La Femme et l'Enfant démoralisés par le prêtre. — Les trois colonnes de la sacristie. — L'inquisition au XIXe siècle. — Appréciation de l'Encyclique. — Budget du culte. — Haute trahison du pape envers la Pologne et les Nations chrétiennes. — Appel aux gouvernements contre les prétentions de Rome. — Réponse à l'Encyclique.

Prix : 1 franc. Le port en sus pour l'étranger.

BRUXELLES.

Dépôt général à l'Office du Moniteur,

SSAGE St-HUBERT, GALERIE DE LA REINE, 8.

1865.

LE CLERGÉ AU PILORI

SUIVI D'UNE

RÉPONSE A L'ENCYCLIQUE.

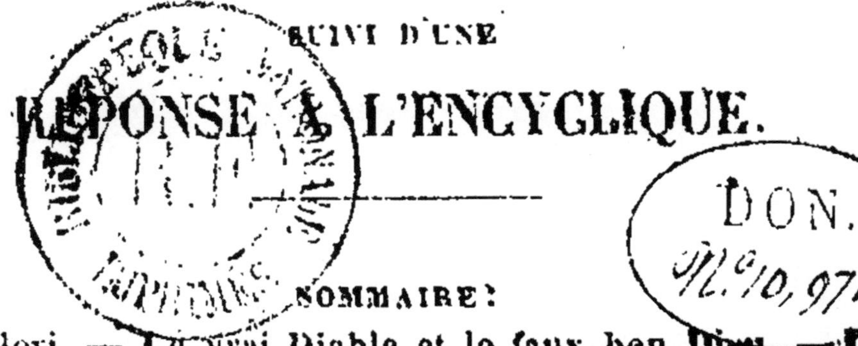

SOMMAIRE:

Le Pilori. — Le vrai Diable et le faux bon Dieu. — Le blasphémateur permanent. — Le Dieu du Clergé. — Douceur évangélique de la soutane. — Concurrence à l'opéra. — Baptême des cloches. — Bazars sacrés. — Saintes parades. — Crimes bénis. — Richesse du clergé. — Misère des Pauvres. — Denier de St-Pierre. — La Femme et l'Enfant démoralisés par le prêtre. — Les trois colonnes de la sacristie. — L'inquisition au XIXe siècle. — Appréciation de l'Encyclique. — Budget du culte. — Haute trahison du pape envers la Pologne et les Nations chrétiennes. — Appel aux gouvernements contre les prétentions de Rome. — Réponse à l'Encyclique.

Prix : 1 franc. Le port en sus pour l'étranger.

BRUXELLES.

Dépôt général à l'Office du Moniteur,

PASSAGE St-HUBERT, GALERIE DE LA REINE, 6.

1865.

LE CLERGÉ AU PILORI

« C'est pour la dernière fois que j'entre
en discussion avec cette prêtraille romaine.
On peut la mépriser et la méconnaître, et
être constamment dans la voie du salut et
de la religion. »
Lettre de Napoléon Ier au prince Eugène

« Le clergé catholique s'est perdu, parce
qu'il s'est allié aux oppresseurs au lieu de
s'allier aux opprimés. »
NAPOLÉON BONAPARTE.

L'avenir a-t-il assez justifié les prévisions
de Napoléon ? Ne sentez-vous pas, à ces
luttes soulevées par le pouvoir temporel des
papes, qu'il s'agit aujourd'hui, pour tous les
partisans de la liberté et de l'esprit moderne,
d'enlever cette dernière forteresse du moyen
âge? Rome aux mains du Pape, c'est le
foyer de la réaction contre la France, contre
l'Italie, contre notre société : singuliers catholiques que ceux qui veulent faire dépen-
dre l'avenir de la religion d'un pouvoir
temporel maintenu à Rome par la force ! Je
ne connais pas d'opinion plus dangereuse,
plus blessante, plus humiliante pour le ca-
tholicisme ; s'il était vrai que la religion ne
pût reposer que sur la force, un grand deuil
devrait se faire dans l'âme, non-seulement
des catholiques, mais de tous les hommes
sincèrement religieux.
LE PRINCE NAPOLÉON JÉROME,
Discours à Ajaccio, Mai 1865.

1

LE CLERGÉ AU PILORI.

La mesure est comblée... et sous le ridicule
L'encyclique s'abîme ! Avance sous le fouet,
Prêtre, te voilà pris au propre trébuchet
Que tu mets sous les pas d'un monde trop crédule.
Tes crimes en faisceau vont couronner ton front,
Voilà le pilori ! monte sur la sellette,
Ta soutane arrachée, on va voir ton squelette
  Courbé sous le poids de l'affront.

Le hideux Lucifer, qui fait succomber l'homme,
En plongeant dans l'effroi son cœur et sa raison :
Celui qui fait du monde un bagne, une prison.
C'est toi, prêtre, inventeur du *serpent*, de la *pomme*,
Tu viens nous enseigner l'enfer d'un Dieu vengeur,
Afin de torturer la pauvre espèce humaine,
Toi seul es le démon qui lui forge une chaîne,
  Pour la mâter par la terreur.

Contre les suborneurs nous avons la Justice,
Nous avons les cachots contre les flibustiers :
Mais jusques à présent contre les bénitiers,
Pour garantir nos droits, nous sommes sans police.
Tourmenteur de l'esprit, des âmes et des cœurs,
Pour saisir les coquins nous avons les gendarmes,
Et contre tes forfaits nous nous trouvons sans armes,
    Sans avocats, sans défenseurs !

Mais cet appel au droit va t'enlever le masque,
Nous allons dévoiler ton culte d'apparat
Qui prétend dominer le palais, le grabat,
Et triompher toujours de la toge et du casque.
Tu veux cacher la lampe encor sous le boisseau ;
Pour peindre les exploits de ta noire phalange,
Il faudra remuer tout un passé de fange
    Et tremper sa plume au ruisseau.

Inutile aux humains et nuisible à la terre,
Tu changes en absinthe et le lait et le miel :
Sur les fleurs du chemin tu ne verses que fiel,
Entraînant sur tes pas la haine et la misère.
Tu plantes l'égoïsme où fleurissait l'amour :
D'un ami dévoué tu fais un mercenaire,
Et ta robe s'étend comme un drap mortuaire
    Sur l'enfant dès son premier jour.

Dès que l'homme ici-bas entrevoit la lumière,
Tu sais t'en emparer, il doit subir tes lois :
Il sera baptisé ; plus tard, guidant son choix,
Tu lui montres pour but une impasse, une ornière.
De l'homme qu'as-tu fait ? sinon le pervertir,
En lui faisant poursuivre un rêve, une chimère ;
Tu rends le fils ingrat, tu désoles la mère,
    Ta mission est d'abrutir.

Ta force et ta puissance émanent des faiblesses
Et des naïvetés qui forment ton appui.
Où veut poindre le jour tu fais naître la nuit,
Afin de mieux cacher le fruit de tes bassesses.
Dans ton regard douteux nul ne peut pénétrer.
Ainsi que le reptile on te voit fuir dans l'ombre,
Comme lui tu saisis ta proie, et ton œil sombre
Cherche la place à dévorer.

Ruiner pour toujours une pauvre victime
N'est pas assez pour toi, tu la fais torturer,
En mettant tous tes soins à la déshonorer
Avant de l'engloutir jusqu'au fond de l'abîme.
Ton ennemi vaincu, tu marches sur son corps,
Et si l'infortuné sous ta haine succombe,
Ainsi qu'un vrai chacal, tu viens fouiller sa tombe,
Tu déchires vivants et morts!

Un mensonge a servi de fondement solide
A ta religion. Tu veux que les humains,
Sur qui tu répandis l'erreur à pleines mains,
Acceptent de l'Église et le mors et la bride.
Tu sais les dépouiller, les réduire aux abois,
Troubler leur conscience, annihiler leur âme,
Tu prends tous les détours, même le plus infâme,
    Pour les garotter dans tes lois.

Tu prétends posséder le divin privilége
De changer en un Dieu la farine ou le pain :
Quand un Dieu t'obéit ! comment le genre humain
Pourrait-il se soustraire à ta loi ? sacrilége!...
Tu blasphèmes sans honte en prodiguant l'accueil
Au pécheur plus qu'au juste, et tes hordes altières
Font peser leur impôt dans tous les cimetières,
    Sans excepter l'humble cercueil !

A ces pauvres mortels jouets, d'une méprise,
Tu parles de *Satan*, de l'enfer éternel :
En sauvant pour de l'or le plus grand criminel ;
Mais le diable et l'enfer c'est le prêtre et l'Eglise !
Ton culte est une insulte au divin Créateur,
Un guet-à-pens tendu contre ses créatures,
Une impasse, un abîme, et sur tes impostures
  Trône un funeste dictateur !

Dieu nous avait donné tous les biens de la terre,
En gravant dans nos cœurs la loi de l'équité,
A leur place tu mets discordes, cruauté,
Fanatisme sanglant, calomnie et misère :
Par toi, le plus beau ciel n'est jamais qu'un drap noir,
Homme des souterrains, tu portes la livrée
De la mort, du néant, dont tu gardes l'entrée
  Pour exploiter le désespoir !

Et pour consolider ton pouvoir sur le monde
Il fallait un fétiche à ton absurde foi,
Tu sus lui composer un Dieu semblable à toi,
Un abîme d'horreurs échappant à la sonde !
De ton affreux cahos tu prétends exalter
L'indulgence infinie et la haine implacable,
Dès qu'on peut adorer un Dieu si détestable
    Tes crimes peuvent s'accepter.

On supporte l'envie, on souffre l'injustice,
On reste calme et froid en face du malheur.
On fait mourir de faim une Mère, une sœur
Pour enrichir le prêtre et parer l'édifice.
Et les iniquités poursuivent leurs chemins
Sous la protection de cette *providence*
Inventée à plaisir et pour la convenance
    Du prêtre, ennemi des humains.

Et tu feins d'adorer ce Dieu cruel, bizarre,
Qui déteste le pauvre et détruit sa moisson ?
Tu te sers de ce Dieu comme d'un hameçon
Pour prendre et retenir dans tes rets le barbare !
De ton Dieu quelquefois tu fais un protecteur,
Un... Maître furieux altéré de vengeance,
Un Père dont le cœur déborde d'indulgence...
  Semi-démon ou rédempteur.

Ce contraste incessant de qualités contraires
Dont pour tes intérêts tu sais vêtir ton Dieu,
Au doute, à la folie a toujours donné lieu,
En étayant partout les pouvoirs arbitraires.
Si nous analysons de ton dieu la valeur,
Et ce que l'homme gagne à servir ton fétiche,
L'avantage est pour toi, pour le grand, pour le riche,
  Le pauvre n'a point de sauveur.

Le crime heureux triomphe et la vertu succombe,
Les indices *du vrai* sont partout effacés
Grâce à l'enseignement des hommes insensés
Qui nous ferment le ciel en nous ouvrant la tombe.
Tes vœux contre nature ont outragé ses lois,
Ton impur célibat enfante tous les crimes,
Et nos pauvres enfants deviennent tes victimes
      En allant adorer la croix.

Ce n'était pas assez d'avilir la nature
Il fallait blasphémer le divin Créateur ;
Et le peindre aux mortels comme un dieu destructeur,
Jaloux, vindicatif, protégeant l'imposture,
Accablant de fléaux les peuples innocents
Pour éprouver leurs rois. Tantôt doux ou sévère
Fantasque et poursuivant de toute sa colère,
      Le père dans tous ses enfants.

Du mensonge, avocat, tu prônes les idoles
La *pomme*, le *serpent* et la *conception*,
Le mystère du Dieu de la rédemption;
Récits entremêlés d'absurdes paraboles.
Si tu croyais toi-même à ce Maître vengeur,
Qui punit le péché d'un éternel supplice,
Tu ne bénirais pas le crime et l'injustice
    En flagornant le malfaiteur.

Grâce à tes faussetés, tes vengeances mortelles
Les monstruosités de ton Dieu Jéhova
Le respect du clergé de tes temples s'en va
S'abimer dans l'enfer des peines éternelles:
Car un Dieu de colère inspire peu d'amour
Un culte mercenaire est un culte de lâche,
Et tes enseignements se sont donné la tâche
    De nous le dépeindre en vautour.

Tu nous a façonné ce monstre à ton image,
Notre Dieu souverain, notre Dieu créateur
Est insulté par toi, triste blasphémateur
Mais il nous sauvera de ton aveugle rage ;
Ne nous menace plus d'un enfer éternel
Nous ne croyons pas à ton culte profane...
Il est pour le bandit et pour la courtisanne !
    Aux puissants va vendre ton ciel.

Car ce Dieu si cruel, si plein de barbarie
A l'égard des petits, s'attendrira soudain
Pour les grands criminels *qui fournissent au gain*
De ses fils bien-aimés si dévôts à Marie.
Vieux pécheurs endurcis allez parer l'autel
Faites de beaux présents aux curés, aux vicaires
Et vous serez absous par les Roberts-Macaires
    Qui disposent de l'Éternel.

Ministre complaisant tu te mets fort à l'aise
Au milieu du pillage, au milieu des combats;
Admettant sans rougir l'orgie et les ébats
Des grands seigneurs mitrés, et des pères Lachaise,
Quand ils ont massacré des milliers de chrétiens,
Les sabreurs à l'Église exaltent cette gloire
Et le prêtre bénit la sanglante victoire,
    Au son des chants grégoriens.

On ne peut sans horreur, lire du Moyen-âge
Le récit douloureux où l'on voit l'être humain
Au nom d'un Dieu cruel dont tu guidais la main,
Livré tout palpitant à ton aveugle rage.
A-t-elle respecté, ton inquisition,
Hommes, Enfants, Vieillards, Femmes ou jeunes Filles?
Elle a tout ruiné, Pays, Peuples, Familles,
    Pour asseoir ta religion.

Nous allons retourner les pages de l'histoire
Qui suintent le sang et forment cette mer
Où le prêtre noyait, de ses poignets de fer,
La victime insultée en son réquisitoire !
Où livrant au boucher, les chiens et les troupeaux,
Il forçait les bergers à subir son symbole
A soutenir sa haine, encenser son idole
 A se faire pour lui bourreaux !...

Que de gémissements, de plaintes et de larmes,
Ont fait vibrer l'écho de tes noires prisons
Où les martyrs gissaient au prix des trahisons
Des mouchards tonsurés qui fourbissaient tes armes
Aux mains de la raison éteignant le flambeau
Pour imposer ta foi, poursuivant la magie,
Au mourant, tu chantais ta vieille liturgie,
 En paradant sur un tréteau.

2

Ailleurs, il te fallait de chastes jeunes filles,
A polluer sans honte en leur ame, en leur corps:
Avant de leur jeter le suaire des morts
Tu les faisais longtemps gémir dans tes bastilles.
Sur leurs corps dépouillés, tu cherchais de Satan
Le stigmate.... écorchant de ta griffe profane
L'innocente victime?... Oh ! ta noire soutane,
    Recouvre un cruel charlatan!

Tes goûles jubilaient au sein des gémonies,
Tandis que tu chantais radieux, triomphant :
Pour étouffer les cris d'un homme ou d'un enfant,
Tes capucins bourreaux, hurlaient leurs litanies,
Les chairs se déchiraient, les cris, ni la douleur
De ces infortunés, non plus que leur prière
Ne pouvaient attendrir ta haine meurtrière
    Qui savait broyer ame et cœur!..

Et des auto-da-fé les nombreuses victimes
N'ont jamais dans ton cœur excité le remords !
Pour te plaire les rois secondaient tes efforts ;
Sur le trône et l'autel tu fis asseoir tes crimes !
Et Peuple et souverain, tous les deux abrutis,
Tour à tour ont aidé tes horribles vengeances,
En payant à prix d'or l'octroi des indulgences
    Qui te servent de pilotis.

Dis-nous ce que tu fais des lois évangéliques
Qui condamnent le meurtre et les iniquités ?...
Ton pouvoir temporel qui met nos libertés
A la merci d'un prêtre aux haines diaboliques.
Que fais-tu de ton dogme ? enivré par l'orgueil ?
Contre l'humanité tu lances l'anathème,
Pour garder le pouvoir, tu jetas Dieu lui-même
    Dans l'*in pace* de ton cercueil.

Dans ton cœur de granit point de miséricorde;
Lançant la calomnie à nos libres Penseurs,
Tu voudrais imposer au Monde tes erreurs,
Par le fer, par le feu, le poison ou la corde.
Et contre la science et contre la raison,
Tu prêches sans vergogne en criant au blasphème,
Osant même insulter jusqu'à ton Dieu lui-même,
    A son autel, dans sa maison !

   *

Jusque sur le tombeau pèse le presbytère.
Contre ta vendetta la mort n'a point d'abri,
Le fils dépossédé devait être flétri,
Lorsque tu déterrais le cadavre du père.
Tous leurs biens retournaient à l'inquisition,
Les cachots regorgeaient ainsi que ta fortune,
Pendant que tu *dîmais* la ville et la commune,
    Et le prince et la Nation.

Au culte du vrai Dieu toi seul tu fais obstacle;
Tu livres à la fois le pasteur, la brebis.
Sur l'église tu fais déborder le mépris,
Car tu l'as transformée en salle de spectacle.
Aux splendeurs de la messe, Ignace, Séraphin,
Se trouvent réunis et sainte Véronique
Glisse sur des tréteaux d'un air mélancolique,
  La semaine du jeudi saint.

A côté de l'autel tu mets la comédie,
Les coulisses, l'orchestre ainsi que l'Opéra,
Ses choristes gaîment chantent le *libera*.
Déguisés en chanoine ils font la parodie.
Grosse caisse et musique, allez... pour les gros sous
Qui tombent dans les troncs, *les pompes aspirantes.*
Le pauvre est dépouillé pour augmenter les rentes,
  Qu'on hypothèque sur les fous.

Charlatan éhonté, pour remplir tes sacoches,
Riches, bourgeois, seigneurs, princes et souverains.
Seront choisis par toi, pour être les parrains
De ton pesant bourdon ainsi que de tes cloches!
L'amour propre entretient tous ces sots préjugés,
C'est à qui donnera l'or, l'argent, la dentelle
Pour parer la filleule et la rendre plus belle,
  Quand les pauvres sont négligés.

L'acrobate qui pose en vendant ses gambades
Bat la caisse et s'essouffle à grands renforts de bras
Pour attirer le Peuple à ses joyeux ébats,
Sans prétendre imposer de force ses parades.
Sa trompette innocente ainsi que son tambour
N'ont jamais réclamé ni parrain ni marraine,
Dans son avidité ton église romaine
  Sut inventer ce mauvais tour.

En Belgique tu peux carillonner sans cesse,
Du matin jusqu'au soir et du soir au matin,
Assourdir l'habitant, amorcer le butin
Que tu récolteras tout en disant la messe.
Et le monde savant, philosophe ou penseur
Doit être ainsi troublé par ton hideux commerce.
Tu braves le mépris, et ton âme perverse
    Met le profit avant l'honneur.

Habile bateleur toujours suivant la piste
D'une affaire d'argent, il te faut un bazar;
En Belgique on t'a vu montrer, d'un air gaillard,
Une exposition bien digne d'un banquiste.
Des ciboires cassés, de chauves goupillons,
Des surplis en lambeaux, de vieilles cordelières,
Des rochets sans devant, des mitres, des poussières,
    Un assortiment de haillons.

Tu faisais saluer ces horribles guenilles,
Comme on s'inclinerait en présence de Dieu,
Pour toi, profanateur, tu dépasses l'Hébreu
Dans l'art d'agioter en vendant tes coquilles.
Pour exciter l'ardeur des curieux inclus
Tu conservais à part un paquet de reliques,
Pour les voir il fallait *repayer !...* tes rubriques
    Te rapportent de bons écus.

Lorsque dans un bazar on entre faire emplette
D'un objet dont le prix doit solder la valeur,
Le marchand le reçoit sans avoir l'impudeur
De nous retendre encor sa main ou son assiette.
A l'église un service est plus ou moins coté,
Mais le prix débattu, vous n'en serez pas quitte,
Pendant la comédie on présente bien vite
    Le plat de la cupidité !

A Venise on fait voir de fort belles reliques,
Source de revenus enrichissant l'autel,
Pour l'exhibition payez polichinel,
Tout le monde est admis, chrétiens comme hérétiques.
Les miracles sous verre étonnent les badauds,
Le crâne de saint Jean du temps de son enfance,
Le sang de Jésus-Christ... respect et déférence
  Au bric à brac de ces bedeaux.

Dans un cœur d'arbre ou bien au fond d'une masure
Une idole de bois (affreux échantillon
D'un sculpteur algonquin) qu'on revêt d'un haillon
Pour en faire une vierge avec ou sans parure.
Toujours la même histoire ! et dans tous les Pays,
On la porte à l'autel ; mais l'idole fantasque
Dans son trou s'en retourne en sautant comme un basque
  Sans demander aucun avis.

C'est alors qu'on bâtit une superbe église
Pour mieux faire arriver l'argent de tous côtés
De la part des cagots : aveugles, éclopés,
Tous viennent acquitter l'*impôt de la sottise !*
Ceux qui n'ont pas d'argent apportent leurs bijoux
A ces morceaux de bois qu'on appelle madones,
Et les escamoteurs empilent dans leurs tonnes
      L'argent qu'ils enlèvent aux fous.

Un saint de bois guérit le cœur, le pied, la tête,
Un autre la colique, un autre les humeurs :
Béquilles, ex-votos attestent les faveurs
Du ciel pour les dévots qui mettent dans l'assiette.
Madones du Midi, Dame de Mont-Aigu,
Vierge de la Salette et *Dame des Victoires :*
Autant de mines d'or pour tous les réfectoires
      Du prêtre opulent et dodu.

Trois églises font voir de saint Denis les têtes,
Quatre offrent sans rougir, de saint Sébastien
Le corps dans son entier au culte du chrétien. —
— C'est avoir de l'aplomb et compter sur les bêtes.
Quoi ! ces pieux escrocs ne seront pas chassés,
Ils pourront à la foule imposer leurs bamboches,
Annoncer leurs comptoirs, leur vente au son des cloches !
    Les bateleurs sont dépassés !

Tu braves la pudeur pour prôner tes miracles
Dont chacun doit grossir d'immenses revenus :
Le *prépuce* à Charroux (sans respect pour Jésus,)
La *chemise* à Marie ornent tes tabernacles.
C'est ainsi que l'argent arrive à ton moulin
Et l'église avilie acclamant jusqu'au traître,
Tombe dans le mépris ! C'est donc bien toi le prêtre
    Qui hâtes le jour de sa fin !

Sur les jeux de hasard tu tonnes dans la chaire,
Tu fais de beaux sermons sur la cupidité,
Tu parles des tourments qui dans l'éternité
Atteindront le pécheur à tes lois réfractaire.
Mais, prêtre, dis-nous donc, quelle pénition
Te sera réservée... et si tes loteries,
Ton commerce illicite ainsi que tes orgies
  Méritent l'approbation ?...

Non content de coter les sacrements, la messe,
Tu tarifes le crime !... *Un ducat cinq carlins*
Pour tuer ses parents... voler des orphelins,
Ce n'est vraiment pas cher. — Allons donc à confesse,
Un gros pour un viol, *cinq* si c'est une sœur,
Mais *trente-six tournois* pour la femme adultère,
Une abesse à ce prix peut avec moine ou frère
  Forniquer sans perdre l'honneur.

On peut se marier avec sa sœur, son frère,
Pourvu qu'on paie à Rome un impôt assez rond.
La dispense du pape effacera du front
La honte et l'infamie avec une prière.
D'un tel enseignement les plus beaux résultats
Seront l'inconséquence et le libertinage;
Puis la confession achève le dommage
        Et la ruine des Etats.

Dans tes temples impurs pourrissent les carcasses
De nobles sacripans, de riches débauchés;
Pour placer dans le ciel tant d'horribles péchés,
Tes tristes oremus sont donc bien efficaces?...
Sans honte, sans pudeur et sans moralité,
Ton commerce s'installe au milieu de l'église;
Et pour l'argent on chante, on prie, on canonise,
        On célèbre l'iniquité.

Le pauvre est enterré sans pompe et sans service
Par le spéculateur qui vend les sacrements.
Les plus grands scélérats titrés, riches, puissants,
Seuls auront tous les droits au chant de tes offices.
Payez, noble ou manant, l'argent sent toujours bon ;
Payez pour les décors et payez pour la scène.
Quelque soit d'un pays la détresse ou la gêne,
    Le prêtre plume le pigeon.

L'intérêt seul te guide au milieu de ce monde,
Tu n'eus jamais qu'un but : faire augmenter tes biens,
Sans songer aux bandits égorgeant les chrétiens.
Aucun malheur ne peut troubler ta paix profonde.
L'incendie et la guerre attristent tous les cœurs
Sans atteindre le tien. — En ce temps de misère,
Tu t'en vas mendier le denier de saint Pierre,
    Pour entretenir les splendeurs !

Ne faut-il pas solder les troupes mercenaires,
Qui baignent dans le sang et le trône et l'autel ?
Tous les nids de hiboux de la tour de Babel ?
Ne faut-il pas payer tous les Roberts-Macaires ?
Dorer le vatican, torturer le Romain....
Absorber le Pays, les Nations, l'empire ?
Tu leurs suces le sang de même qu'un vampire,
    Sans songer à ton lendemain !

Lorsque tu commenças le plan de ton église,
Bien humble, tu flattais les puissants, les petits ;
Mais bientôt dédaignant les modestes réduits,
Tu fis des sacrements négoce et marchandise,
Pour toi rien d'assez beau, tu voulus des palais,
Des habits somptueux, le pouvoir, la richesse,
Le prince et le Pays, même dans la détresse,
    Doivent en payer tous les frais.

Périssent les humains ! mais que la préséance
Du prêtre se maintienne. Et que t'importe à toi
De ton Maître Jésus la doctrine ou la loi !
Il te faut avant tout l'argent et la puissance.
Qu'importe que la France, épuisée, ouvre encor
Ses veines pour nourrir d'inutiles ministres,
Tu demandes sans cesse et tends tes mains sinistres
    Vers l'obole et vers le trésor,

Pourquoi donc tant d'argent entassé dans l'église
Lorsque les Nations ont des pauvres sans pain ?
Il te faut des joyaux quand ils meurent de faim...
Sans songer à ton Christ qui t'anathématise !
Prêtre, avant d'essayer notre conversion
Il faudrait méditer, au fond des solitudes,
Sur tes crimes sans nom.... et de tes turpitudes
    Commencer l'expiation !

Ta conduite à l'école, est aussi désastreuse,
Les agneaux sont meurtris sous la dent du lion,
Ou bien asphyxiés par la contagion,
Que filtre sourdement ta robe ténébreuse.
Devant les tribunaux, tes procès en chansons,
En complaintes, partout, de tes amours mystiques
Racontent les élans, les transports séraphiques,
    Quand tu violes nos garçons.

Et tout bouffi d'orgueil, tu méprises la Femme
Amante, Mère ou Sœur tu prétends l'asservir ;
Dans l'espoir d'entraver du Monde l'avenir
Dont Elle est le soutien, la providence et l'âme.
Et l'Ange du berceau te rend tous les honneurs,
Humble, son front s'incline au bruit de ta sandale,
Captive et torturée en ton obscur dédale
    Elle y gémit sous tes erreurs !

Toi seul as fait peser sur le sort de la Femme,
D'un plan fallacieux la lourde iniquité :
De l'immense complot contre la liberté,
Une pomme, *un serpent* en ont fourni la trame,
C'est toi le noir démon échappé des enfers
Qui t'acharnes contre Elle en lui jetant l'injure,
Et tu vas colportant cette vieille imposture
    Afin du lui forger des fers !

Car les traditions, mensonges d'un autre âge,
Lui font de son devoir un Enkiridion,
La raison la meilleure est celle du lion :
Ce qui dans l'une est *bien*, est *mal* dans l'autre page,
Et toi, tu vas pronant l'énorme absurdité
Qui veut au dernier rang tenir ainsi la Femme,
N'as-tu pas essayé de lui ravir son ame
    Au sein d'un concile hébété ?...

Si la Femme savait, *que toute sa misère*
Emane de toi seul !... que ta religion,
Ce mirage inventé pour sa perdition,
N'est pour toi qu'un moyen de gouverner la terre !
Si la Femme savait quelle perversité
Se trouve dans le prêtre... alors dans sa détresse
Elle repousserait ton culte et ta bassesse
  Pour reprendre sa liberté !

Et les heureux humains élevés par leurs Mères
A la Religion, à l'amour du Grand-Tout
(Loin du prêtre immoral qui s'empare de tout),
Dans les hommes verraient des amis et des frères.
L'épouse, le mari n'auraient jamais entre eux
Un espion chagrin, un maître à l'œil profane,
Un confesseur bigot qui veut sonder l'arcane
  De l'amour qui les rend heureux.

Et nos jeunes enfants, nos chastes jeunes filles
Ne connaîtraient jamais tes lubriques amours,
L'art de calomnier, d'employer les détours
Pour certains gros péchés traités de peccadilles.
Ils ne seraient non plus instruits avant le temps
Des mystères sacrés de l'humaine Nature,
Et ne serviraient pas au corbeau de pâture,
    A peine encore à leur printemps.

Ils seraient affranchis de tes maquignonnages,
Tu n'arracherais plus la femme à son mari,
Le fils à ses parents ; car il n'est pas d'abri
Contre les rapts de Rome et ses patelinages.
De la perdition tu montres le chemin,
Rien n'est sacré pour toi, tu salirais un ange,
Tu veux tout engloutir sous le fleuve de fange
    Où tu plonges comme un requin.

Sphynx pour te terrasser et briser ton arcane,
Nous allons dévoiler l'horrible trinité
Qui forme trois pivots contre la liberté,
En exposant le plan que cache la soutane.
Par *l'un* de la maison le prêtre est le seigneur,
Par *l'autre* il désespère ou trouble les ménages,
Par le *dernier* il peut palper les héritages,
  Ou du moins en prendre la fleur.

Le premier c'est la bible ! — Un tissu de mensonges,
Où le crime, rival de l'immoralité,
Insulte la raison, le bon sens, l'équité,
Les notions du vrai par la fable et les songes.
Dans le vieux testament sanscrit, latin, hébreu,
Le *pour* le *contre* y sont marqués à chaque page
Et dans ce pot-pourri digne du moyen-âge
  Le prêtre a su trouver son Dieu.

Plus tard le *second point,* lui donna sa puissance,
Le moyen d'imposer ses lois au genre humain ;
C'est la confession. — D'un geste de sa main,
Le prêtre absout, condamne, et l'on fait pénitence.
Le mouchard abrité dans l'armoire de bois
Infiltre sans controle un poison à nos filles
Et comme une vipère enlace les familles
      En les réduisant aux abois.

Par la confession on connaît les tendances
Du chef de la maison, s'il est républicain ?
Libre penseur ? cagot ? — Honnête homme ou coquin
On le protégera s'il a des complaisances
A l'égard du clergé. — Qu'il se montre souvent
Au confessionnal... pour entraîner les autres,
Qu'il feigne d'honorer la Vierge, les Apôtres,
      Il obtiendra tout du couvent.

Puissamment soutenu de la sainte milice,
On le voit arriver aux faîte des honneurs ;
Mariage opulent, à lui tous les bonheurs :
Pourvu qu'il soit toujours membre de leur police.
Il peut donc, s'il lui plaît, grâce à ces intrigants,
Être un agent secret pour provoqner au crime,
Frapper un ennemi, détruire une victime
    Et se faire chef de brigands.

Le *troisième* pivot du prêtre catholique
Est le mensonge affreux d'un *enfer éternel*.
Pour se sauver, le lâche enrichira l'autel
Et persécutera tout homme hors de sa clique.
Fortune, biens, trésors, te viennent de l'enfer,
Tu vends, au poids de l'or, la crainte, l'espérance ;
Pour sauver ses parents d'une horrible souffrance
    L'impôt se paie à Lucifer !

Tu n'en prêches pas moins le pardon des injures,
Tourmenteur incessant de la société !...
Ton exemple corrompt en elle l'équité
Et répand sur ses fils un torrent de souillures.
Contre la paix du monde unissant tes efforts,
Depuis dix-huit cents ans, ton frauduleux commerce
A tout prix a voulu dans la Rome perverse
      Fixer le royaume des morts.

A notre époque encor la vieille Babylone
A ses inquisiteurs, ses bourreaux, sa prison,
Où tous les Galilée étouffent leur raison
Au fond des *in pace* sous les marches du trône !
L'inquisition parle, on n'ose protester.....
Puissante au vatican, ses gouffres homicides
S'entr'ouvrent à la voix des *cruels peuplicides*
      Qui veulent nous persécuter.

Sur l'autel est le pape avec sa dictature ;
Pour suivre les décrets d'un homme audacieux,
Seconder ses projets les plus ambitieux,
Tu trahis ton Pays jusqu'à la forfaiture.
L'homme religieux gémit de tes excès,
Tu marches en aveugle au-devant du scandale
En suivant follement cette pente fatale
    Où s'abîmeront tes succès.

Tu lances contre Dieu, contre nous l'encyclique,
Espérant en Europe allumer les horreurs
De la guerre : Exciter, les sauvages fureurs
Et les prétentions de ton ancienne clique ?
Jésus a proclamé l'union et l'amour,
Exalté le progrès ainsi que l'indulgence
Et toi, tu fais appel au crime, à la vengeance
    En prenant la nuit pour le jour.

Ta voix est impuissante à soulever le Monde,
Vains efforts, tu ne peux ranimer les bûchers,
Changer par des présents les princes en bouchers (1)
La Raison nous défend contre ta haine immonde.
L'Enfer que tu créas pour toi s'ouvre béant,
Va rugir au désert comme une bête fauve,
L'avenir est à nous et le Progrès nous sauve,
    Loin de ses Fils fuis mécréant.

Oui, malgré tes efforts pour faire les ténèbres,
Détruire la morale, abêtir les esprits ;
Bouleverser le Peuple au moyen des édits
Qui voudraient rappeler les temps les plus funèbres.
Ne sens-tu pas manquer la terre sous tes pas ?
L'homme veut s'affranchir de ton joug homicide,
De la raison il cherche et réclame l'égide,
    La vie et non plus le trépas !

(1) Le doux Pie IX a déjà envoyé l'Épée de combat à
l'empereur Maximilien, dans l'espoir que ce dernier parti-
rait en guerre contre les hérétiques.

Car ton chef révéré, le saint père le pape,
Qui trône sur l'autel de même qu'un magot,
De l'enfer clérical il s'est fait le suppôt ?
Pour prolonger son règne attaqué par la sape ;
Il ose mendier l'aumône au malheureux,
Pour payer ses bandits, ses palais, ses dentelles,
Quand la Pologne meurt sous les balles mortelles,
        D'un gouvernement odieux !

Est-ce qu'il s'est ému ce prince de l'église
Des crimes effrayants de ses fils bien-aimés,
Qui font mettre aux cachots les Peuples opprimés ;
Bâtonner ou fouetter, jusqu'aux os que l'on brise !
La charité, l'amour que les hommes entre eux
Se doivent par la loi que tu nous dis chrétienne,
Sont enseignés *à Rome, à Madrid comme à Vienne*
        Par des argousins vigoureux !

Tu fléchis humblement de même que l'hièble,
Devant la volonté de l'homme tout puissant :
Il peut être hérétique et tout couvert de sang ;
Tu marches aux côtés du fort contre le faible !
La Pologne égorgée on te voit tour à tour
Complimenter le czar, flatter sa barbarie,
Blâmer les saints martyrs, cracher sur la patrie,
    Donner raison à son vautour.

Reptile bas, rampant en face des puissances,
Cruel, dur, arrogant pour les déshérités,
Attaquant sourdement toutes les libertés,
En prêchant le pardon tu prônes les vengeances.
Tant pis pour les vaincus, pour mieux les écraser,
Tu sauras incliner ton épine dorsale
Devant le moscovite, et donner le scandale
    D'un traître qui vient accuser !

Allez-vous en mourir au fond des Sibéries,
Héroïques Enfants d'un pays torturé !
Allez traîner la chaîne, et, le cœur ulcéré,
L'écho vous redira d'insignes fourberies.
Alors que poursuivis, frappés par les soldats
Jusque dans votre église en faisant vos prières,
Eussiez-vous jamais cru, pour vos peines amères,
   Trouver dans le pape un judas !!!..

Mastaï Feretti fait massacrer Pérouse,
Enlever les enfants *Cohen* et *Mortara*,
Batoner ses captifs,... puis pendre... et cætera...
Qu'il soit béni le pape et son auguste épouse.
Afin d'entretenir de nobles intrigants,
Il décrète un beau jour le denier de saint Pierre ;
Mais pourra-t-il jamais étayer la tannière
   Qui sert de nid à ses brigands ?...

Dans le czar schismatique on vit Rome orthodoxe
Mettre tout son espoir pour mâter les chrétiens,
Ecraser les Français et les Italiens !.....
(*Le pape eût triomphé par un hétérodoxe !*)
Mais en vain il traita d'*auguste* l'empereur,
En trahissant les droits de la noble Pologne !
Bassesse et flatterie... inutile vergogne.....
      Le czar fut sourd à cet honneur,

Ne pouvant déchaîner la horde des cosaques
Sur l'Europe à propos du pouvoir temporel,
Le pape furieux évoque l'Éternel
En lançant sur le monde une foule d'attaques,
Dans l'espoir d'exciter la haine des bigots,
Il insulte au bon sens dans sa longue encyclique,
Foudroyant la raison ainsi que la logique
      Pour le bonheur des idiots.

Le riche Antonelli se croit un politique
En excitant la haine, il parle d'un haut ton,
Cet ancien flibustier (cardinal de carton)
Est un triste pilote et manque de tactique.
Aux rescifs son orgueil a conduit le vaisseau
Trop pesamment chargé par l'argent des fidèles,
Il va couler à fond, malgré les sentinelles,
        Noyant le berger, le troupeau !

Et dans peu nous serons délivrés du supplice
D'acquitter pour le prêtre un trop pénible impôt,
Le Peuple n'y croit plus; nous n'avons rien de trop
Pour son instruction ! — A chacun la Justice !
Prêtre, il faut renoncer à te faire appointer,
Pour ton travail nuisible et ton ancien mystère,
Va, robuste gaillard, va labourer la terre,
        Tu pourras encor récolter,

À l'homme qui lui met les pieds sur la poitrine
La nation doit-elle une part du budget ?...
Doit-elle seconder le funeste projet
D'un être malfaisant qui cause sa ruine ?
Les millions versés pour ton culte païen
Sont un vol fait au pauvre, à la chose publique,
C'est un tort d'appointer un tyran domestique
      Qui détruit le dogme chrétien.

Le Peuple ne croit plus l'enseignement atroce
D'une religion contraire à son bonheur,
Il n'accepte pas plus qu'en enfer le pécheur
Souffre éternellement la loi d'un Dieu féroce.
Pourquoi faire peser un impôt odieux
Qui doit payer le prêtre et son pouvoir occulte.
Non les libres Penseurs ne doivent rien au culte
      Qui jette la pensée au feu.

Non ! nous ne voulons plus tes hideuses guérites
Où la Femme et l'enfant se perdent tour-à-tour,
Apprennent à nier la Justice et l'Amour,
En s'abaissant devant tes prétendus mérites.
L'autel sert de comptoir pour verser le poison,
Le confessionnal est le gouffre où la Femme
Dans l'ombre chaque jour s'en va perdre son âme,
    Notre bonheur et sa raison.

Nous voulons que la Femme, instruite, noble et digne,
Ne soit plus dépravée au confessionnal,
Livrée aux passions d'un désir bestial,
Nous voulons l'enlever à ta dure consigne.
Prêtre, retire-toi, tu troubles sciemment,
Sa vertu, sa pudeur, dans ton obscur mélange,
En mettant un démon à la place d'un Ange,
    La haine au lieu du dévoûment.

Maintenant ton procès est instruit : s'il te reste
Assez de dignité pour comprendre l'écueil,
N'attends pas le moment pénible à ton orgueil,
Où l'on te chasserait de même qu'une peste.
Va travailler aux champs... expier tes forfaits...
Nous te pardonnerons jusqu'à ton dernier crime
En te donnant la main pour éviter l'abîme :
    Ne repousse pas ces bienfaits.

Mais si tu persistais dans ton rôle arbitraire,
A vivre de larcins ainsi qu'un vrai renard :
Si tu prétends encor nous prendre au traquenard
De l'erreur, en restant toujours notre adversaire,
Alors tant pis pour toi, nous prendrons les moyens
De nous débarrasser d'un cruel parasite,
Et nous te forcerons d'aller rendre visite
    Au tombeau du Dieu des chrétiens.

Nous t'excommunions !!! Pars avec ton bagage,
Ton crime est démasqué... Dieu parle à notre cœur,
Ton blâme est sans portée et le Progrès vainqueur
Nous préserve à jamais des effets de ta rage.
Tu voudrais ressaisir le sceptre d'autrefois,
En comptant sur les rois et la magistrature ;
Mais ils ne peuvent plus protéger l'imposture,
    Contre elle s'élèvent nos droits !!!

Nous excommunions, le vice, l'arbitraire,
Et les iniquités du pouvoir temporel
Inventé, défendu par tous les machiavel
Qui veulent du bon sens, adorer le contraire.
Le pape a blasphémé ! Que vers Jérusalem
Il s'en aille établir son clergé, son empire
Avec tous ses couvents, sa barque ou son navire,
    Sur eux nous chantons Requiem !!!

Et, pour nous garantir contre tes artifices,
Si nous n'obtenions pas notre sécurité,
Si nos enfants encor à ta lubricité
Devaient toujours offrir de leur cœur les prémisses.
Si les gardiens des lois laissaient les innocents
S'abimer, s'abrutir dans tes piéges infâmes,
Si la confession devait encor des Femmes,
  Égarer la raison, les sens ???

Nous en appellerions à Dieu devant les hommes,
En plaidant jusqu'au bout ce funèbre procès,
Qui depuis si longtemps déroule les excès
De tes perversités au milieu des royaumes.
Nous en appellerions *à nos gouvernements,*
Aux Peuples éclairés, aux princes de la Terre
Pour savoir s'il nous faut de l'homme du mystère
  Souffrir tous les débordements ?....

Nous ne cesserons pas d'invoquer la Justice
Dont l'équitable loi punit les malfaiteurs,
Les fourbes, les escrocs, sodomistes, voleurs,
Quel que soit leur habit, il faut que la police
Les surveille au besoin jusqu'au lit des mourants,
Pour les paralyser dans leur laids tripotages,
Lorsqu'ils vont sourdement happer les héritages
        Et dépouiller tous les parents.

La France impériale et le roi d'Italie
Du pape ont attendu le prix du dévoûment,
Espérant l'éclairer sur son *gouvernement*,
Mais son *non possumus* le met à l'agonie !
On ne discute pas avec un oppresseur,
Victor, oubliez-vous son superbe anathème ?...
Et vous, Napoléon, laissez ce vieux système,
        N'en soyez plus le défenseur.

Les souverains sont pris dans un terrible piége :
Aux prêtres, autrefois, ils ont donné pouvoir
D'abrutir leurs sujets, d'étouffer le devoir
Sous l'envahissement d'un prétendu Saint Siége.
Le trône ne doit plus s'appuyer sur l'autel :
Sous peine de tomber jusqu'au fond de l'abîme
Qui s'ouvre au Vatican pour engloutir le crime
Du trop long règne temporel !

Princes, n'imposez plus à notre conscience
Un pareil directeur... Laissez un libre essor
Aux savants, à l'étude, et dans son livre d'or
Plus de ces feuillets noirs qui voilent la science.
Laissez le prêtre seul .. De graves questions
Pèsent sur l'avenir... Que votre surveillance
Répare les malheurs de votre indifférence
Dans le conflit des Nations.

Laissez agoniser la vieille Babylone...
Le moscovite est là, furieux, menaçant,
Il veut plonger l'Europe en un fleuve de sang,
Pour asseoir son pouvoir, sa couronne et son trône.
Peuples et souverains de France et d'Albion,
Réunis, appuyés sur la main de Justice.....
Allez invoquer Dieu pour le rendre propice
AU GRAND CONGRÈS DE L'UNION !!!

RÉPONSE A L'ENCYCLIQUE.

« Vous aimez ce que je hais,
« vous détestez ce que j'aime:
» j'honore la justice, le dévoue-
» ment, la vérité, la modestie,
» et vous n'en faites aucun cas.
» Je déteste l'iniquité, la spolia-
» tion, le mensonge, l'orgueil :
» et rien no vous est plus ordi-
» naire. »

PHILON, *Essénien,*
contemporain de Jésus.

« Les temps sont arrivés où
le fils doit rentrer en possession
de son domaine. »

« Il chassera les serviteurs
infidèles qui dilapident les biens
de son père.

LE G. M. J. ✠

LE PÈRE DES ESSÉNIENS

à ses Enfants.

Chères Sœurs et chers Frères en Dieu,

En présence de l'iniquité persévérante des adversaires de la vraie Religion,

Votre G. M. J. ✸

De concert avec le *Conseil synodique*,

A décrété :

Qu'un résumé de notre loi d'amour, d'union, de paix et de conciliation, précédé de la condamnation des faux apôtres, serait publié dans l'intérêt de la morale, afin que la lumière ne reste plus sous le boisseau qui la dérobe aux regards du Monde.

Jusqu'à ce jour nos *Fidèles Esséniens* ont pu assister aux représentations théâtrales données par le clergé romain dans ce qu'il appelle ses églises ;

Considérant que cette concession est aussi nuisible à la *vérité* que favorable à l'*erreur*, en ce que leur présence encourage les faibles à suivre les cérémonies païennes d'un culte mercantile, à la grande satisfaction du clergé romain qui ne cesse d'exploiter a son profit la générosité des curieux par ses quêtes honteuses dont le produit ne devrait être consacré qu'au soulagement de l'infortune !

Nous avons décidé que nos *Frères Esséniens* seraient priés par la présente dé vouloir bien s'abstenir le plus qu'il sera possible(sans toutefois nuire à l'entente cordiale des familles) de faire acte de présence dans les temples romains et autres.

LE G. M. J. ✸

Réponse de l'Eglise Essénienne à l'encyclique de Pie IX.

LA LOI DES ESSÉNIENS.

Lorsque nous flétrissons les crimes de l'Eglise,
Le prévaricateur, en refusant l'aveu
De ses iniquités, dit : qu'on attaque Dieu
Et la religion!... Mais c'est une méprise.
Nous combattons l'abus, nous respectons la foi :
Or, les temps sont passés où le prêtre quand-même
A tous ses ennemis lançait son anathème
    En les écrasant sous sa loi.

Ne voulant pas laisser à Rome le prétexte
De crier sur les toits contre l'impiété,
Nous prenons *Dieu pour juge et la société*.....
En exposant ici de notre loi le texte !
Que nos frères aimés ouvrent enfin les yeux
Sur le danger de suivre un prêtre incendiaire,
Esclave d'un pouvoir égoïste, arbitraire,
  Qui rend l'homme irréligieux.

Seuls les Esséniens ont gardé la parole
De *Philon*, de *Jésus*, sans altération.
Des martyrs dévoués au Dieu de l'union,
Ils portent sur leur front la céleste auréole.
Ils n'ont jamais prêché le mensonge où l'erreur,
Afin d'entretenir dans l'homme l'ignorance.
Charitables *pour tous*, l'amour et l'espérance,
  Voilà ce qu'ils ont dans le cœur !

Le *Frère Essénien* n'est pas un mercenaire
Qui va de ville en ville exploiter les humains,
Les cadeaux ou l'argent n'ont pas souillé ses mains,
Pour ses soins empressés jamais aucun salaire !
Du crime heureux... il n'est pas le flatteur !
Acceptant du travail pour lui, la loi commune,
Non content d'appuyer et d'aider l'infortune,
  Ils s'en fait le consolateur.

A la Femme le prêtre impose *les entraves*,
Il déchire son cœur et l'insulte en tout temps,
Sans égard pour la Mère, il corrompt les enfants,
Des Anges du foyer il a fait des esclaves !
L'*Essénien* adresse et son cœur et son vœu
A sa douce compagne, à l'ame de son ame :
Il voit : l'humanité, le bonheur dans la Femme,
  Le dernier chef-d'œuvre de Dieu !

Serviable pour tous, il aime sa Patrie,
L'éclairer, la défendre est pour lui le devoir.
Régénérer le monde est son plus cher espoir :
Jamais il ne pactise avec la fourberie !!!
Il déteste le vice et méprise l'abus.
Sévère pour son fils, indulgent pour sa fille,
Utile citoyen, bon père de famille :
    Il suit le sentier des vertus.

Quand l'un d'eux de ce Monde entrevoit la front
A son secours arrive un *Frère Essénien* :
De la vie à la mort il sera son soutien ;
(*Le plus juste est de droit prêtre de la lumière*).
Du mourant il reçoit la prière et l'adieu :
Consolant à la fois l'enfant, la sœur, la Mère
Du pauvre voyageur qui va quitter la terre,
    A tous il sait parler de Dieu !

Mais si le pélerin a dans son court voyage
Abusé des bontés de notre Créateur....
S'il fut pour les Humains un fléau destructeur...
A son tour il devra connaître l'esclavage !
Dans l'expiation qu'il lui faudra subir
Pour appaiser de Dieu la justice divine
Son argent ne peut rien !... Il doit voir la colline
    Où se trouve le repentir !

Combattre le mensonge, éviter le scandale,
Maintenir l'union entre les deux époux,
Travailler au Progrès comme au bonheur de tous,
Justice et dévoûment.... telle est notre morale?
Que nos Frères aimés partagent notre foi;
Par la fraternité, la joie et l'espérance.....
En elle ils trouveront la fin de leur souffrance,
    Le bonheur est dans notre loi !!!